EDICIONES EKARÉ

ESTELA

REINA DE LA NIEVE

MARIE-LOUISE GAY

© 2000 Marie-Louise Gay
© 2002 Ediciones Ekaré
Edificio Banco del Libro, Avenida Luis Roche, Altamira Sur, Caracas, Venezuela
Todos los derechos reservados para la presente edición en español
Publicado originalmente en inglés por
Groundwood Books / Douglas & McIntyre Ltd.
Título del original: Stella, Queen of the Snow

Traducción: Verónica Uribe

ISBN 980-257-275-6
HECHO EL DEPOSITO DE LEY
Depósito Legal lf 1512002800124
Impreso en China por Everbest Printing Co. Ltd.
02 03 04 05 06 07 08 09   8 7 6 5 4 3 2 1

Para David

Samuel no conocía la nieve.
Ésta era la primera vez.

–¡Qué hermosa! -dijo Estela-. ¿No te parece?
–Es muy blanca -dijo Samuel-. Y me marea un poco.
–Ven -dijo Stella-. Vamos a jugar afuera.

–¿Es muy fría la nieve? -preguntó Samuel-. ¿Es dura y helada?
–Es fría como un helado de vainilla -contestó Estela-,
y suave como la piel de un conejito.

–¿Se pueden comer los copos de nieve? -preguntó Samuel.
–¡Claro que sí! -contestó Estela-. Los osos polares
comen copos de nieve al desayuno.

–¿Con leche? -preguntó Samuel.
–Sí -dijo Estela-, con leche y miel.

–Hagamos un muñeco de nieve -propuso Estela.
–¿Haremos uno muy grande? -preguntó Samuel.
–¡Gordo, grandísimo y glotón! -contestó Estela.

–¿Y qué comen los muñecos de nieve? -preguntó Samuel.
–Comen bolas de nieve, copos de nieve y…
también chaquetas de nieve -contestó Estela.

–¿Y comen chaquetas de nieve *verdes*? -preguntó Samuel.
–Tal vez -dijo Estela-, pero prefieren las rosadas.

–¿Estás segura? -preguntó Samuel.
–Vamos a patinar al lago -propuso Estela.

—¿Dónde está el agua? -preguntó Samuel.
—El agua está congelada -dijo Estela-, como un cubo
de hielo gigante.

–¿Y los sapos? ¿También están congelados? -preguntó Samuel.
–No -dijo Estela-. Están durmiendo bajo el hielo.

–Ven, Samuel -dijo Estela-, ponte los patines.

–Ahora, no -dijo Samuel-. Prefiero escuchar cómo roncan
los sapos.

–¡Mira! -exclamó Samuel-. ¿Por qué me sale humo de la boca?
–Cuando hace mucho frío las palabras se vuelven humo -dijo
Estela-. Cada palabra tiene una forma de humo diferente. ¿Ves?

–Yo no sé leer todavía -dijo Samuel.
–Mejor vamos a construir un fuerte -dijo Estela.

–¿De dónde viene la nieve? -preguntó Samuel-.
¿Adónde se va en el verano?
¿Cuántos copos de nieve hay en una bola de nieve?

–No tengo idea -suspiró Estela-. ¡Ven a ayudarme!
–Ahora, no -contestó Samuel-, estoy contando
los copos de nieve.

–Subamos esta colina -propuso Estela.
–¿Por qué? -dijo Samuel-. ¿Para qué?
–Para lanzarnos colina abajo -dijo Estela.

–¿Bajaremos muy rápido? -preguntó Samuel.
–Veloces como un avión, -cantó Estela-,
veloces como los pájaros.

–¿Y podremos parar? -preguntó Samuel.
–¿Parar? -repitió Estela-. ¿Quién quiere parar? Súbete.

–Ahora, no -dijo Samuel-. Prefiero bajar caminando.

–¿No tienen frío los perros? -preguntó Samuel.

–No -respondió Estela-, porque usan abrigos de piel.

–Y a los pájaros, ¿no se les pone la piel de gallina? -preguntó Samuel.

–No, porque usan sombreros de plumas -dijo Estela.
–¿Como el mío? -preguntó Samuel.
–Más o menos -contestó Estela.

–Juguemos a los ángeles de nieve -propuso Estela-,
ángeles con grandes alas blancas.

–¿Vuelan los ángeles de nieve? -preguntó Samuel-.
¿Cantan los ángeles de nieve?

–Claro que sí -respondió Estela-. ¿No los oyes?

–Sí, los oigo -susurró Samuel.